Conan der Barbar

Erster Teil

Erika Sanders

Titel
Conan der Barbar:
Erster Teil
Von
Erika Sanders

Serie
Conan der Barbar Vol. 1 al 4

Zusammenfassung

Treffen Sie die Frauen in Conans Leben, wie es Ihnen noch nie zuvor gesagt wurde ...

Nach neuen Abenteuern und Triumphen kehren Conan und seine Gruppe in die Stadt zurück, in der sich Tarantia befindet.

Wird die Rückkehr sie die Abenteuer verpassen lassen? Oder wird es besser als erwartet sein?

Diese Publikation enthält die Bände 1 bis 4:
1 - Conan
2 - Zula
3 - Cassandra
4 - Valeria

Neue Serie basierend auf Charakteren aus den Werken von Robert E. Howard.

Anmerkung zum Autorin:

Erika Sanders ist eine bekannte internationale Schriftstellerin, die ihre erotischsten Schriften, weit entfernt von ihrer üblichen Prosa, mit ihrem Mädchennamen signiert.

Index:

Zusammenfassung

    Anmerkung zum Autorin:

    Index:

    CONAN DER BARBAR ERSTE TEIL VON ERIKA SANDERS

    KAPITEL I CONAN

    KAPITEL II ZULA

    KAPITEL III CASSANDRA

    KAPITEL IV VALERIA

    DIE GESCHICHTE WIRD FORTGESETZT: CONAN DER BARBAR ZWEITER TEIL

CONAN DER BARBAR
ERSTE TEIL
VON
ERIKA SANDERS

KAPITEL I
CONAN

Die Sonne schien auf die Stadt Tarantia, als die kleine Gruppe die Spitze des Hügels umrundete.

Die weißen Türme, Kupferkuppeln und Minarette schimmerten im Sonnenlicht und begrüßten sie nach ihrer langen Reise.

Die letzten Wochen waren aufregend und gefährlich gewesen, da sie verlorene Katakomben auf der Suche nach Schätzen erkundet und Monster und böse Geister abgewehrt hatten, um ihren Preis zu erhalten.

Tatsächlich waren es die Münzen, die jetzt ihre Rucksäcke trugen.

Conan sah seine Kollegen an, überzeugte Gefährten in den Schlachten, denen sie gegenübergestanden hatten, und viele mehr zuvor.

Lady Yasimina war trotz ihrer ausländischen Herkunft die Anführerin der Gruppe.

Irgendwo im Süden, jenseits des Flusses Styx, in die Aristokratie hineingeboren, war sie nichts anderes als die Adligen von Tarantia oder seinen Nachbarstädten.

Sein schulterlanges blondes Haar war frei in der Luft, als er seinen Helm abgenommen hatte, und seine blassen Lippen bildeten ein Lächeln beim Anblick der Stadt vor ihm.

Sie mag eine Ausländerin sein, aber Tarantia war in den letzten Jahren auch ein Zuhause für sie geworden.

Mit dem Staub des Reisens und der Hitze vergangener Schlachten kennzeichnete nur ihre königliche Haltung ihre edle Abstammung, aber sobald sie bereits zurückgekehrt waren, bestand kein Zweifel daran, dass sie sich aufgrund ihres Wissens über den Adel wieder reibungslos bewegen konnte die erforderliche Etikette, die jemanden ideal als Gruppensprecher macht.

Viel mehr als ein Barbar wie Conan.

Im Gegensatz zu Lady Yasimina, die muskulös und schwer gepanzert war, war neben Conan Valeria eine elfische Zauberin, die nur mit einem Dolch im Gürtel bewaffnet war.

Natürlich trug sie jetzt Reisekleidung, aber bis morgen war er sicher, dass sie reichhaltige Kleidung tragen würde, die ihre Schönheit ergänzte.

So blass und blond wie Yasimina, war ihr Haar lang und derzeit zu einem langen Pferdeschwanz zusammengebunden, um die Höhepunkte ihrer Ohren freizulegen.

Er hatte einen Großteil seines Lebens in den Wäldern der südlichen Inseln verbracht, was vielleicht seinen seltsamen Ausdruck erklärte, als sich die Stadt näherte.

Aber sie schien, dachte Conan, ruhig und entspannt zu sein.

Vielleicht war dies für sie als Elfe nur das Ende einer weiteren Reise, eine Pause zwischen den Reisen, und keine echte Rückkehr nach Hause.

Zula, die dritte der Frauen, schien am glücklichsten zu sein.

Der kleine Kobold saß vorwärts im Sattel des Ponys und hatte den Blick auf die Stadt gerichtet.

Sie hatte bereits vor ihrer Ankunft Mühe gehabt, sich zu pflegen, sich von ihren Kleidern abzuwischen, und selbst jetzt strich sie ihre rötliche Robe glatt und fuhr sich mit der Hand durch ihr kurzes braunes Haar.

Er schien die Heimkehr mehr zu erwarten als die anderen, und Conan glaubte, dass dies oft der Fall zu sein schien.

Er wusste, dass Kobolde Liebhaber von Familie und Zuhause waren, und obwohl Zula keine lebenden Verwandten hatte, die er vielleicht für sie kannte, war dies ihr Zuhause, der Ort, an dem sie sich am wohlsten fühlte.

Sicherlich war sie wie er aus der Stadt stammend.

Wie immer war Snagg am schwersten zu lesen.

Der Zwerg war schweigsam, wie alle seine Verwandten, und sein Gesicht zeigte jetzt keine Emotionen mehr.

Seine Rüstung war schwer und zerschlagen, nachdem er in den letzten Wochen die Hauptlast der Kämpfe übernommen hatte, und wäre verletzt oder schlimmer gewesen, wenn Yasiminas Heilmagie nicht gewesen wäre.

Die dunklen Augen unter den buschigen Brauen blieben auf der Straße fixiert, verloren in den Gedanken, die die Zwerge oft für sich behielten.

Conan drehte sich um und sah Tarantia an.

Dies war sein Zuhause, in dem er aufgewachsen war und gelernt hatte, was er jetzt ist, lange bevor er andere traf.

Er hatte keinen Zweifel daran, dass er glücklich war zurückzukehren.

Er wusste, dass sie bald wieder auf der Suche nach Abenteuern starten würden, und er genoss diese Momente.

Aber die Stadt hatte viele Freuden, die ihr auf dem Weg verweigert wurden.

Es war ein zivilisierter Ort, ein Ort wie ein Heiligtum.

In den nächsten Tagen wird es viele Dinge zu tun geben.

Er musste die School of Warriors besuchen, sich wieder mit seinen Freunden und Kollegen verbinden und seine Ausbildung fortsetzen.

Und meditiere auch in der Tempelkapelle, wo er genau dort zu der Gottheit betete, die ihm am Herzen liegt: Muriela, die Göttin der Liebe.

Vor allem aber würde sie Zeit haben, sich zu entspannen, die öffentlichen Bäder, gutes Essen und Wein zu genießen, auf den Märkten zu plaudern und, wenn Muriela zustimmte, Gesellschaft zu finden, um die Nacht zu verbringen.

* * *

Das Dorf lag in der Nähe der Westseite der Stadt, nicht weit innerhalb der Mauer.

Es war ein großes Gebäude, das zuerst gekauft und dann renoviert wurde, mit dem Geld, das sie durch Abenteuer verdient hatten.

Conan und Zula hatten darauf bestanden; Sie lebten in Gasthäusern, während sie weg waren, aber sie wollten einen Ort, an den sie zurückkehren konnten, eine Basis für Operationen, die sie wirklich als ihre eigenen bezeichnen konnten.

Es dauerte eine Weile, bis das Gebäude wieder in seinem jetzigen Zustand war, da es sich beim Kauf in einem ziemlich schlechten Zustand befand.

Aber das Ergebnis war die Zeit und die Kosten wert.

Das Hauptgebäude war zwei Stockwerke hoch und hatte wie viele andere in der Stadt ein breites Flachdach, auf dem sie sich im Sommer versammeln konnten.

Auf jeder Seite befanden sich zwei Flügel, von denen einer die Ställe enthielt.

Und zwischen den Flügeln befand sich ein breiter Hof, der vom Rest der Stadt abgeschirmt war.

Für Abenteurer war es selbstverständlich, zumindest ein gewisses Maß an Verteidigung zu haben, auch wenn sie sicher waren, wie sie auf Tarantia sein sollten.

Yakin schloss die Türen, als das letzte Pferd den Hof betrat.

Er war ein junger Mann, kompetent in seiner Arbeit als Administrator, aber er war kein Abenteurer.

Sie hatten ihn vor einem Jahr eingestellt und festgestellt, dass jemand das Haus warten musste, während sie in der Wüste waren.

"Haben sie es gut gemacht?" Er fragte: "Ich sehe, keiner von euch ist verletzt, danke den Göttern!"

Conan lächelte, stieg ab und klopfte dem jungen Mann auf den Rücken.

"Ja, wir haben es gut gemacht. Wir müssen diesen Schatz zum Tresor bringen und dann aufräumen. Wir werden nur ein leichtes Mittagessen benötigen; lassen Sie ihnen Zeit, frische Vorräte einzubringen."

Er sah die anderen um sich herum an.

Sie waren auch von ihren Pferden und Ponys abgestiegen und hatten nach der Reise ihre Beine gestreckt.

Yasimina und Valeria kamen zu ihm, um Yakin zu begrüßen, aber Snagg nickte nur in seine Richtung und sagte nichts.

Zula schien mit ihren Rucksäcken auf ihrem Pferd beschäftigt zu sein und blickte nur von Zeit zu Zeit in seine Richtung.

Vielleicht dachte sie, etwas hätte sich gelöst ...

Conan verdrängte den Gedanken.

"Wir werden Ihnen heute Nachmittag alles erzählen", sagte Yasimina, "aber ich freue mich auf ein Bad und saubere Kleidung. Und am Abend ein gutes Essen, könnte es sein? Wird alles fertig sein?" ? "

"Ja, meine Dame", antwortete Yakin, "und nichts Wichtiges ist passiert, während ich weg war. Ich bin froh zu sagen, dass alles so ist, wie du es verlassen hast."

"Na siehst du", mischte sich Conan ein, "heute Abend würde ich gerne in eine Taverne gehen. Gib etwas von diesem hart verdienten Geld aus und erinnere dich daran, wie es ist, wieder in der Stadt zu sein! Ist jemand bei mir?" ""

Snagg nickte und knurrte seine Zustimmung, aber die Frauen protestierten.

"Nein, ich denke, ein bisschen Ruhe würde mich heute mehr ansprechen", antwortete Valeria. "Ich werde heute Nacht hier bleiben."

"Wie auch immer", antwortete Yasimina, die dann zu dem letzten Mitglied der Gruppe blickte, das sich ihnen noch nicht angeschlossen hatte. "Was ist mit dir, Zula?"

"Oh ..." sagte die Zwergin, als wäre sie ein wenig überrascht, "nein, nein, ich denke, ich werde auch hier bleiben. Ich, ähm, ich denke, ich werde eigentlich früh ins Bett gehen. Ich fühle mich schließlich ziemlich müde. diesmal Camping in Zelten. "

Conan nickte. Es wäre vielleicht gut, eine Nacht mit einer anderen Firma zu verbringen, nachdem man so lange mit den anderen zusammen gereist war.

"Also nur du und ich, Snagg", sagte er und fügte hinzu, "wir werden versuchen, bei unserer Rückkehr nicht zu laut zu sein. Aber zuerst haben wir einen Nachmittag vor uns ... und einen jungen Mann, der uns unterhält. Mit unseren Abenteuergeschichten.", Huh?

***

Das Gold Cup Inn war voll, wie es zu dieser Nachtzeit üblich war.

Obwohl der Ort Zimmer mietete, war es sowohl eine Taverne als auch ein Gasthaus. Als sich die Schatten draußen zu verlängern begannen, kamen viele der guten Leute von Tarantia auf einen Drink herein, bevor sie nach Hause gingen.

Die Kundschaft war jedoch im Allgemeinen respektabel, so dass kaum eine Chance auf einen Kampf oder etwas Unangenehmes bestand, wie dies häufig in Tavernen in anderen Teilen der Stadt in weniger wünschenswerten Gegenden der Fall war.

Dies war der Grund, warum Conan es mochte und auch, weil mäßig wohlhabende Besucher von außerhalb der Stadt oft hier blieben, so dass es früher auch ein guter Ort war, um Arbeit zu finden.

Aber das war nicht der Grund, warum er und Snagg heute Abend hierher gekommen waren.

Sie hatten im Moment einen ziemlichen Job gehabt.

Er wollte sich entspannen und Spaß haben, zumindest für eine Nacht.

Er fand einen freien Tisch, und beide setzten sich und bestellten ein Getränk.

Die Kellnerin, die nicht anders konnte, als es zu bemerken, war hübsch.

Sie war Anfang zwanzig, hatte schulterlanges lockiges Haar in der Farbe von goldenem Sand, braune Augen und ein einladendes Lächeln.

Sein weißes Kurzarmhemd war tief geschnitten und zeigte einen weiten Ausschnitt.

Und ihre Haut war, soweit ich sehen konnte, wunderschön und leicht gebräunt.

"Du bist neu", sagte er lächelnd, als sie sich mit einem Tablett mit Getränken näherte, "wie heißt du?"

"Livia", sagte er einfach und schenkte ihr ein Lächeln voller schöner weißer Zähne.

Dabei bemerkte er, dass ihre Augen sich über ihn bewegten und sein dunkles Haar und seinen kurzen Bart absorbierten. Was er erwartete, war ein einigermaßen schlanker, athletischer Körper von der Arbeit, die ihn oft trainierte.

Sein Blick schwebte leicht über ihren Ohren, leicht spitz und zeigte ihr Halbelfen-Erbe.

"Ich arbeite hier seit ein paar Wochen, aber ich habe dich noch nie gesehen. Kommst du oft rein?"

Er stellte ein paar Tassen auf den Tisch und warf einen kurzen Blick auf Snagg. Dann wandte er sich an Conan, als er scheinbar nichts Interessantes sah.

"Mein Name ist Conan", antwortete er, "und ich wohne tatsächlich in der Nähe. Aber Snagg und ich waren in letzter Zeit weit weg, hier raus."

"Ein Abenteurer?" sagte sie beeindruckt, "oder vielleicht ein Kaufmann?"

"Zuallererst, und ich glaube, ich könnte Ihnen viele interessante Geschichten erzählen, wenn Sie Zeit haben."

Snagg hob bei dem Kommentar leicht die Augen.

Für einen Zwerg war selbst dies sicherlich ein bisschen zu viel Eile.

"Vielleicht später", sagte Livia, "gibt es noch andere Kunden."

Noch ein kurzes Lächeln und sie verschwand wieder in der Menge.

"Nun, mein Freund", sagte Conan, wandte sich an seinen Abenteurer und hob seinen Becher. "Für unsere jüngsten Siege!"

Und im Laufe der Nacht tauschten sie Geschichten über ihre jüngsten Abenteuer aus, und eine kleine Gruppe versammelte sich um den Tisch.

Von einigen wusste Conan, dass sie Kontakte und Freunde waren, die auch diese Taverne besuchten, aber einige andere waren Menschen, die er bestenfalls vage erkannte.

Snagg wurde launischer, als er mehr Bier trank, aber der Krieger sah keinen Grund, ihn aufzuhalten.

Er sprach mehr über Kämpfe und Nahtod-Eskapaden als über Reichtum und Schätze, und was nützt es, ein Abenteurer zu sein, wenn man nicht ein bisschen prahlen kann?

Darüber hinaus war seine Aufmerksamkeit oft anderswo.

Als Snagg eine Geschichte über einen Kampf der Untoten im Schatten begann, warf Conan einen Blick auf Livia.

Er hatte bemerkt, dass er auf die Geschichten geachtet hatte und seine Augen mehr auf ihn als auf den Zwerg gerichtet waren, unabhängig davon, wer sprach.

In diesem Moment war sie jedoch gebeugt, um einen Krug hinter der Bar zu finden.

Ihr grüner Rock fiel bis zur Wadenmitte, so dass er wenig von ihren Beinen sehen konnte, aber ihr Arsch war gut gerundet.

Sie stellte es sich ohne den Rock vor, wie es sich in ihren hohlen Händen anfühlen würde ...

"Und so...?"

"Hmm?" Er wandte sich an Snagg, der sich bewusst war, dass er weggeschaut und den Faden der Unterhaltung verloren hatte.

"Sag ihnen, was du als nächstes getan hast", forderte er den Zwerg auf, "nachdem Yasiminas Flasche in den Brunnen gefallen war."

Er gehorchte, kehrte zur Geschichte zurück und vergaß für einen Moment Livia.

Aber dann erschien sie auf der anderen Seite des Tisches und wischte sich auf ihrem Weg einen Fleck ab.

Sie beugte sich dabei ganz bewusst vor, dachte er und gab einen klaren, freien Blick auf die Oberseite ihres Hemdes und die Hügel ihrer Brüste, die über ihre Spaltung ragten.

Er räusperte sich, "zurück zu dir ...", sagte er zu Snagg.

Livia ließ ihn wieder lächeln, rutschte um den Tisch herum, bis sie neben ihm war und zog ihren schönen Oberschenkel gegen seine Hand.

Es konnte kein Unfall gewesen sein, also schob er heimlich seine Hand nach oben und spürte die Form ihres Körpers durch den dicken Stoff ihres Rocks, wodurch ihr Gesäß leicht gedrückt wurde.

Sie sagte nichts und alle anderen schauten in diesem Moment zu Snagg.

Er sah zu ihr auf, und sie hob den Blick zur Decke in Richtung der Schlafzimmer des Gasthauses und zwinkerte ihm zu.

Er nickte leise, und dann war sie weg, zurück zur Bar und zu einer anderen Gruppe von Gästen.

* * *

Conan ging durch den dunklen Raum.

Der größere Mond stieg nach außen und warf sein silbernes Licht über die Stadt, und ein Teil davon fiel durch das kleine Fenster.

Der Nachmittag war zu Ende gegangen, und Snagg war gegangen und allein in die Villa zurückgekehrt.

Er schien sich damit abgefunden zu haben, nicht besonders überrascht, aber auch nicht einverstanden.

Immerhin verehrten die Zwerge Muriela nicht.

Conan hatte sich bereits bis zur Taille ausgezogen und seine Sandalen ausgezogen. Seine Kleidung war jetzt auf einem Stuhl in der Ecke gefaltet.

Das Zimmer enthielt nur ein Bett und einen kleinen Tisch.

Es war nicht eines der elegantesten Zimmer im Gasthaus, aber das war nicht wirklich wichtig.

Es gab keinen Spiegel, aber der Krieger strich sich trotzdem die Haare glatt und versuchte, sein Bestes zu geben.

Er konnte hören, wie sie sich unten säuberte, nachdem die letzten Gäste nach Hause gegangen waren oder in ihre Zimmer gegangen waren.

Es klopfte leise an der Tür und er griff schnell nach ihr, um sie zu öffnen.

Livia stand gerahmt in der Tür und hielt eine Kerze auf einem kleinen Teller in einer Hand.

Das Kerzenlicht beleuchtete ihr Gesicht und ihre Brust, ihr lockiges Haar warf Schatten, ihre Lippen waren leicht geöffnet und einladend.

"Ich fing an zu denken, dass du nicht kommst", sagte er scherzhaft, aber das Warten hatte nicht zu lange gedauert.

"Ich hatte keine Chance gehabt", sagte sie und zeigte dieses Lächeln noch einmal.

Sie betrat schnell den Raum, schloss die Tür fest hinter sich und stellte die Kerze auf den Tisch.

Conan wollte es ausschalten, aber sie griff nach seiner Hand und hielt sie in ihrer.

Seine Haut war weich und warm.

"Lass es an", murmelte Livia, ihre Augen wanderten über seine nackte Brust und bis zu seinem Oberkörper.

Plötzlich nahm sie seinen Kopf mit ihrer freien Hand und zog ihn zu sich, küsste ihn leidenschaftlich.

Der Kuss hielt an, ihre Lippen trafen sich.

Conan legte seine Arme um sie, zog sie zusammen und drückte ihre üppigen Brüste gegen seine Brust, die nur durch den Baumwollstoff ihres Hemdes getrennt waren.

Ihre Arme schlangen sich um ihn, ihre Hände erkundeten seinen Rücken und ließen ein Kribbeln der Vorfreude über seinen Rücken laufen.

Sie machten eine Pause, holten tief Luft und sahen sich in die Augen. Dann küssten sie sich erneut, ihre Zungen waren miteinander verflochten.

Schließlich zog sie sich zurück und er sah sie wieder an und bewunderte, wie sich ihre Brust hob.

Er griff nach unten und zog ihr weißes Hemd aus, schob seine Hände über ihre Seiten und hob es dann über ihren Kopf, als sie ihre Arme hob.

Sie lächelte wieder und sprach den einfachen Satz aus: "Bin ich okay für dich?"

Es war eine Frage, die wirklich keine Antwort brauchte; Sie war großartig.

Anstatt zu antworten, nahm er ihre Brüste in seine Hände und fuhr mit seinen Fingern über ihre Haut.

Ihre Brustwarzen waren groß und rosa, sie waren auch hart und spitz, als er mit seinen Daumen streichelte.

Er zog sie wieder zu sich und sie küssten sich, als er mit seinen Händen durch ihre Haare fuhr und die Konturen ihres Halses zeichnete.

Er trug sie vorsichtig zum Bett, küsste sie abwechselnd und berührte ihre Brüste.

Livia seufzte, als sie sich auf den Rücken legte und er neben sich auf das Bett kletterte.

Er küsste ihr Kinn und dann ihren Hals bis zu ihrem Schlüsselbein.

Er hielt einen Moment inne, bewunderte die Form ihrer Brüste, neigte dann seinen Kopf zu einer und schnippte mit seiner Zunge mit ihrer Brustwarze.

Sie murmelte etwas Unhörbares, aber Glückliches, und er fuhr fort, saugte sanft und fuhr mit seiner Zunge über ihre empfindliche Haut.

Er massierte ihre freie Brust und bewegte sich dann.

Er schmeckte gut, als seine eigenen Hände seinen Arm über seine Schulter strichen und seinen Körper fest fühlten.

Er sah auf und ihre Augen trafen sich wieder.

"Mmm ... hör nicht auf", sagte sie.

Anstatt zu antworten, küsste er sie auf die Basis ihres Brustbeins und bewegte sich dann ihren Bauch hinunter.

Er dachte wieder über die Glätte ihrer Haut und die Form ihres Körpers nach, gut konturiert, aber ohne harte Muskeln.

Er griff nach dem Band ihres Rocks und stand vom Bett auf, um zwischen ihren Beinen zu stehen.

Er zog ihren Rock und ihr Baumwollhöschen von ihren Hüften und schob sie über ihre Beine, um sie auf den Boden zu legen.

Livia zog ihre Schuhe aus und stand nackt und wehrlos vor ihm.

Nackt sahen ihre Beine so gut aus, wie er sie sich unten in der Taverne vorgestellt hatte.

Er fuhr mit den Händen über ihre Schenkel, bewegte sie langsam nach oben und küsste ihre Hüften direkt neben dem Schamhaarhaufen.

Ihre Beine waren gespreizt, und er blies sanft zwischen ihnen hin und her, und die Wärme seines Atems neckte sie, als er im Kerzenlicht eine Feuchtigkeitsperle zwischen ihnen glitzern sah.

"Oh ja", seufzte Livia, "ja bitte ..."

Er fuhr mit der Zunge über den Schlitz, teilte dann seine Lippen und tastete nach dem warmen, einladenden Fleisch ihrer Muschi.

Livia schnappte vor Vergnügen nach Luft, ihre Hüften wand sich lustvoll gegen die Laken.

Conan legte seine Hände auf ihr Gesäß, saugte und leckte weiter und warf seine Zunge gegen ihren Kitzler.

Livia stöhnte jetzt leise.

Er streckte die Hand aus, um ihr Haar zu streicheln, und lief über den spitzen Umriss ihres linken Ohrs.

Er sah auf und beobachtete, wie diese wundervollen Brüste sich hoben und senkten, während sein Atem schwerer und unruhiger wurde.

Er kehrte zu seiner Aufgabe zurück und steckte nun einen seiner Finger in ihre Muschi, während er sie weiter leckte.

Während er mit ihrem Kitzler spielte, stöhnte sie und bewegte sich leicht unter ihm, also tat er es erneut und verwandelte ihr Stöhnen in leidenschaftliches Keuchen.

Er stand auf und bewunderte erneut die Schönheit des Mädchens vor ihm.

Livia stützte sich auf die Ellbogen, Schweiß tropfte jetzt von ihrem Gesicht und steckte ihr ein Schloss an die Stirn.

Sein Blick wanderte über ihren Körper, als er wieder neben ihr auf dem Bett saß.

"Du hast es richtig genossen"

Er neckte sie und erhielt dafür einen Kuss.

Er streckte die Hand aus, um wieder eine ihrer Brüste zu streicheln, als seine Hand über ihre Seite glitt.

Sie zog an seinem Gürtel, lockerte die Schnur mit ein wenig Mühe und zog sie dann über ihre Schenkel.

Er zog sein Höschen aus und ihre Hand griff nach seinem Schwanz, streichelte seine Länge und fuhr mit ihrem Finger über die Spitze, wobei er gegen den Kokon streifte.

Er küsste wieder ihre engste Brust, saugte an der Brustwarze und leckte sie, während seine eigene Hand seine Erektion streichelte.

Er staunte erneut über die Weichheit ihrer Berührung, die ihn nur zu größerer Ekstase zu treiben schien.

Sie rieb seinen Schwanz gegen das nasse Haar ihrer Vagina und er sah zu ihrem flehenden Blick auf.

Er drehte ihr Bein und stieg auf sie. Sein Gewicht drückte auf ihre Brüste.

Sie führte ihn hinein, als er tief in ihre kuschelige Muschi stieß.

"Oh Götter", murmelte sie, schlang einen Arm hinter seinen Nacken und packte sein Gesäß mit der anderen Hand, während sie weiter hin und her schaukelte.

Sie keuchten jetzt und das Vergnügen stieg in ihm auf, als er in ihrem Körper hin und her stieß.

Sie küssten sich, während er eine ihrer Brüste massierte, und sie fuhr mit einem Finger über die Kontur seines Ohrs.

Er hielt einen Moment inne und wollte nicht, dass die Veranstaltung zu früh endete.

Ihre braunen Augen waren lebendig und funkelten im Kerzenlicht, und ihr Lächeln war so ansteckend und einladend wie immer.

Er begann sich wieder zu bewegen und spürte, wie ihre Hüften gegen ihn drückten. Seine Hand packte ihr Gesäß jetzt fester, ihre Brüste waren schweißgebadet, als er weiter ihre rosa und geschwollenen Brustwarzen tanzte.

Livia schrie, als er kam und packte ihn an sich, als ihr eigener Orgasmus ihren Körper erschütterte.

Sogar Conan hatte nicht erwartet, dass seine erste Nacht vom Abenteuer so angenehm sein würde ...

KAPITEL II
ZULA

Zula schloss die Tür zu ihrem Zimmer hinter sich und lehnte sich für einen Moment an die Tür, plötzlich nervös.

Er hatte sich aus dem abendlichen Gespräch entschuldigt, als Yakin gegangen war, um seine eigene Nachtarbeit zu erledigen.

Sie hatte Müdigkeit behauptet, aber die Wahrheit war ganz anders.

Er nahm die magische Kristallkugel aus seiner Tasche, hielt sie in der Hand und starrte sie mit klopfendem Herzen an.

Als er es fand, begraben im Müll nahe der Rückseite einer unterirdischen Kammer, hatte er ursprünglich geplant, es anderen zu übergeben, wie jeder Teil der Schatzbeute der Gruppe.

Aber das war, bevor ihr klar wurde, wie nützlich es sein würde und was sie genau damit anfangen konnte ... nur wenn andere nicht wussten, dass sie es hatte.

Er fühlte sich schuldig, besonders wenn er überlegte, was sein eigentliches Motiv gewesen war.

Vielleicht hätte er es ihnen sagen und es dann als seinen Anteil an der Beute beanspruchen sollen.

Es war so viel einfacher, wenn sie es nicht wussten ... aber es wäre jetzt immer noch äußerst peinlich, wenn sie es herausfinden würden.

Dafür war es aber zu spät.

Er hatte die Kristallkugel in der Hand und es hatte keinen Sinn, sie zu nehmen, wenn er sie nicht benutzen wollte.

Das wäre die schlechteste von beiden Möglichkeiten.

Sie atmete, um sich zu beruhigen, schob den Riegel an der Innenseite der Tür, schloss sie und ging zu ihrem Bett.

Er zog seine Jacke aus, legte sie beiseite, setzte sich auf das Bett und zog auch seine Stiefel aus.

Als Kobold liebte sie den Komfort und das Bett fühlte sich bereits einladend an.

Sie legte sich auf die Decke, fühlte ihr weiches Material mit ihren nackten Zehen und legte ihren Kopf tief auf das Kissen.

Dann fühlte sie sich schon etwas entspannter und breitete die kleine magische Kugel vor sich aus.

Sie wusste natürlich, wie man Dinge anmacht, nachdem sie ihn vor einigen Jahren schon einmal gesehen hatte.

Sie waren nützliche Geräte, aber selten, und es war nur sein Glück, dass man in seine Hände schlüpfen konnte.

Er starrte den Globus an, erweckte ihn zum Leben und drückte ihn dann sanft gegen ein geschlossenes Auge.

Das Glas begann zu glühen und eine dunstige Lichtscheibe tauchte vor ihr auf.

Er öffnete seine Hand und der Ball begann zu steigen und ließ den Ballon zurück, immer noch vor seinem Gesicht fixiert.

Er konnte sehen, wie sich Formen in der Scheibe bildeten: ein Bild seines dunklen Raums aus der Perspektive der Kristallkugel, nicht aus seinen eigenen Augen.

Ein magisches Auge, dachte er.

Jetzt musste er nur noch darüber nachdenken, wohin er wollte, und hoffen, dass ihn niemand sehen würde.

Er war so klein, dass es sicherlich niemand tun würde, solange sie vorsichtig war.

Jetzt konnte sie schauen, wohin sie wollte, ohne dass es jemand wusste ... und es gab einen bestimmten Ort, den sie unbedingt sehen wollte.

Er wünschte, das Auge würde durch das offene Fenster ins Erdgeschoss schweben, wo es durch eine andere Öffnung rutschte.

Der Raum war aufgrund des Metallgitters über dem Fenster zu eng, als dass eine Person eintreten könnte, aber nicht für etwas so Kleines wie dieses Auge.

Er wandte seinen Blick dem Hauptraum zu, in dem er die anderen verlassen hatte, und hängte ihn direkt über der Tür in die Schatten nahe der Decke.

Das Haus wurde hier und da nur von ein paar Fackeln beleuchtet und hinterließ viele dunkle Flecken.

Durch die Tür konnte er Yasmina und Valeria sehen, die sich bereits zurückzuziehen schienen und anscheinend entschieden hatten, dass sie heute Abend nichts anderes tun konnten, es sei denn, sie wollten auf Conan und Snagg warten.

Er wartete auf den richtigen Moment, hielt sein Auge an, wo es war, bis sie die Treppe hinaufstiegen, und bewegte es dann langsam den Flur hinunter zu einer der Hintertüren.

Der magische Anblick des Ortes war außergewöhnlich, fast so, als ob sie selbst dort stand oder vielmehr in der Luft schwebte, direkt unter der Decke.

Details waren so scharf wie Ihr eigenes Sehvermögen und hatten fast das gleiche Sichtfeld.

Aber es war gut, dass sie sich in einem dunklen Raum befand, da die Schatten auf der Scheibe vor ihr alles verdunkelt hätten, wenn sie selbst im Licht gestanden hätte.

Fast unmittelbar nach dem Betreten des hinteren Korridors sah er sein Ziel: Yakin.

Yakin war natürlich ein Mensch, und darin lag die Tragödie.

Er war ein hübscher Junge, ein paar Jahre jünger als sie, aber alt genug, um ihr Typ zu sein, und reif genug, um sie zu interessieren.

Er wäre ein guter Elf gewesen, mit seinem Aussehen, seinen hellbraunen Haaren und seiner geraden Nase.

Aber es war nicht so, was bedeutete, dass es immer eine Kluft zwischen ihnen geben würde.

Menschen mischten sich oft mit Elfen - Conan war ein lebender Beweis dafür, aber niemals Elfen.

Der Größenunterschied war ein zu großes Hindernis für ihre Wahrnehmung und, wenn sie ehrlich war, auch für die meisten Kobolde.

Sie war drei Fuß zwei Zoll groß, für eine gnomische Frau völlig vernünftig, aber gegen einen Menschen wie Yakin ... nun, wenn sie ehrlich sein musste, war das Problem, was sie in ihrem Schritt hatte, was für sie zu groß wäre.

Es war eine Schande, es war wirklich.

Wenn es nur eine Möglichkeit gäbe, ihn auf ihre Größe zu reduzieren, damit er sie als normale Frau nehmen könnte.

Es war nicht so, dass sie auf andere Weise wie ein Mädchen aussah; Ihre Brüste und Hüften machten sie so formschön wie jede menschliche Frau.

Die Zwerge waren anders, mit ihrem dicken Körperbau und den verkümmerten Gliedern; Selbst wenn ein Mensch die Größe eines Zwergs hätte, wäre es unwahrscheinlich, dachte er, einen attraktiven zu finden.

Und wenn sie ein Zwerg wäre, würde sie wahrscheinlich nichts in Yakin sehen.

Aber er war es nicht und die Wahrheit war, dass er ein attraktiver junger Mann war und immer rücksichtsvoll und hilfsbereit.

Wie oft hatte sie in demselben Bett gelegen und an ihn gedacht?

Wie oft hatte sie sich sein Gesicht in den letzten Tagen vorgestellt und gewartet, bis sie wieder in seiner Nähe sein konnte?

Wie oft hatte sie von ihm geträumt und sich vorgestellt, dass er irgendwie auf ihre Größe reduziert war, und was könnten sie zusammen tun, wenn er es wäre?

Aber das wollte sie heute Abend nicht tun; Sie wollte ihn nur ansehen und wusste, dass es verzweifelt unangenehm werden würde, wenn er wüsste, was sie fühlte.

Weil er ein Mensch war und ihre Gefühle, ihre Wünsche niemals erwidern konnte.

Also lag sie auf dem Bett, beobachtete, wie er die Fensterläden schloss, die Fackeln löschte und die Villa für die Nacht vorbereitete.

Sie erkannte, dass sie bei geschlossenen Fensterläden nach dem Schlafengehen wieder nach unten gehen und das Fenster öffnen musste, um den Blick zurück in ihr Zimmer zu lenken.

Aber für den Moment war sie froh, ihn zu sehen.

Nach einer Weile, scheinbar zufrieden mit seinen Pflichten während der Nacht, ging Yakin durch eine Seitentür.

Zula wurde sofort klar, dass es nicht der Weg zu ihren Zimmern war.

Tatsächlich wurde ihr klar, dass ihr Herz bei dem Gedanken fast hüpfte, es war die Tür zum Badezimmer!

Die Stadt Tarantia wurde auf heißen Quellen erbaut, ein Teil des Grundes für ihre Existenz.

Die Villa hatte, wie viele in der ganzen Stadt, ein eigenes Badezimmer, das mit natürlich warmem Wasser gefüllt war.

Sie hatte es schon einmal selbst benutzt, um Reiseschmutz und Staub zu entfernen, ihr erstes richtiges Bad seit mehr als einem Monat.

Unbewusst vergaß sie kurz zuvor ihre Entschlossenheit, legte ihre linke Hand auf seine Brust und strich sie durch das rötliche Tuch seiner Robe.

Ihre Brustwarzen verhärteten sich bei der Berührung.

War Yakin nur dort, um etwas zu reparieren, oder ...?

Sie blickte durch die Tür hinter ihm und warf sie an die Decke.

Yakin drehte sich plötzlich um, sah sich um und ging dann zur Tür hinaus.

Hatte er das Auge gesehen?

Hatte er es zu schnell bewegt?

Zula war jetzt gelähmt und wagte es nicht, sich zu bewegen, als könnte er sie irgendwie sehen, und keine schwebende Kristallkugel.

Aber der junge Mensch schüttelte den Kopf, schien nichts zu sehen, kehrte in den Raum zurück und schloss die Tür hinter sich.

Es war eng gewesen, aber es schien, als hätte sie es geschafft, ihr Auge aus seinen Augen zu halten.

Jetzt wagte er es jedoch nicht, es von seinem derzeitigen Platz in der Nähe der Decke weg von den beiden Lampen zu bewegen, die den Raum beleuchteten.

Sie konnte seinen Verdacht nicht noch einmal riskieren.

Yakin holte eines der Handtücher heraus und stellte es in die Nähe des Badezimmers.

Sie erkannte, dass er wirklich baden würde und ihr ursprünglicher Plan verschwand vollständig aus ihren Gedanken.

Sie wollte ihm nur bei der Arbeit zuschauen, bis er die Lampen ausschaltete und das Haus in die Dunkelheit stürzte, aber jetzt war es anders.

Er rieb sich erneut mit der linken Hand die Brust, zerknitterte den Stoff darüber und spürte den Nervenkitzel, als er seine andere Hand auf die Innenseite ihres Oberschenkels legte und das weiche Leder ihrer Träger gegen sein Fleisch drückte.

Sie atmete ein, seufzte erwartungsvoll und riss die Augen auf.

Yakin zog seine Tunika aus und bückte sich, um seine Schuhe auszuziehen.

Trotz allem, was sie versucht hatte, hatte sie ihn noch nie in einem Zustand teilweiser Nacktheit gesehen.

Er erkannte, dass er nicht einmal wirklich wusste, wie ein nackter menschlicher Mann aussah.

Wie sehr würden sie wie Kobolde aussehen?

Nach dem zu urteilen, was er bisher gesehen hatte, gab es keinen Unterschied.

Yakin war mäßig gut gebaut, seine helle Haut makellos und glatt, eine leichte Haarschicht auf seiner oberen Brust, aber sehr wenig.

Sein Körperbau war so, wie sie es sich immer vorgestellt hatte, getrimmt, aber nicht übermäßig muskulös, sein Bauch flach.

Sie sah auf ihre Taille hinunter, als sie anfing, an den Schnürsenkeln herumzufummeln, die ihr eigenes Outfit enthielten.

Und dann drehte sich Yakin um.

Es war nicht sein Rücken, den sie sehen wollte, aber jetzt war sein Rücken zu ihr und legte seine Schuhe und Tunika vorsichtig auf die Bank vor ihm.

Sie wagte es nicht, ihr Auge zu bewegen, um ihn besser zu sehen, und starrte ihn nur an, unfähig, etwas gegen ihre Situation zu unternehmen.

Mit einer sanften Bewegung zog Yakin ihre langen Strümpfe aus und zog dann die Baumwollshorts herunter, die sie darunter trug.

Ihr Gesäß war fest, formschön, wie sie es mochte.

Aber sie wollte mehr sehen.

Warum dauerte es so lange?

Mit einem frustrierten Knurren griff er mit der linken Hand nach unten, teilte seine Robe, griff hinein und drückte dann seine nackte Brustwarze.

Die Knoten in den Schnürsenkeln lösten sich und sie schob ihre andere Hand in ihr Höschen, fuhr mit den Fingern über ihr Schamhaar und den Schlitz zwischen ihren Beinen hinunter.

Ihre Fotze schmerzte vor Verlangen, aber sie zwang sich anzuhalten und wunderte sich schweigend.

Musste er wirklich?

Ja.

Er wollte es auf jeden Fall.

Yakin wandte sich dem Badezimmer zu und stand nackt vor ihm, mit dem interessanten Blick auf alles.

In diesem Moment wurde ihm klar, dass er nicht einmal darüber nachgedacht hatte, welche der beiden Möglichkeiten er wirklich die wahre sein wollte.

Hatte er erwartet, dass sein Penis trotz der Größe des Menschen in anderer Hinsicht die Größe eines Kobolds haben würde, was ihm

Hoffnung gab, wenn auch weit entfernt, in der Hoffnung, dass er ihn eines Tages zwischen ihre Schenkel legen könnte?

Oder hatte er insgeheim in einer dunklen Ecke seines Geistes gehofft, dass die Menschen in jeder Hinsicht verhältnismäßig wie Kobolde sein würden und seinen Schwanz so groß und kraftvoll machen würden wie den Rest von ihm?

Es war jetzt sehr klar, dass die letzte Möglichkeit die reale war.

Sie hatte noch nie einen nackten Menschen gesehen, aber sie hatte nackte Koboldmänner gesehen, und in all seinen Proportionen sah Yakin mit Sicherheit so aus.

Wie groß bedeutete das für seinen Penis, besonders wenn er vollständig aufgerichtet war?

Jetzt war er nicht aufrecht und er schien riesig zu sein. Wie groß würde er sein, wenn er vollständig aufgerichtet wäre?

Wie weit hatte dies ihre Hoffnungen, ihn zu besitzen, zunichte gemacht?

Im Moment war es ihr egal.

Mit der linken Hand streichelte sie ihre Brust und steckte einen Finger zwischen ihre Schamlippen.

Es war sehr nass, heiß und wund von seiner Berührung.

Sie musste sich befreien und sie brauchte es bald.

Sein Finger streichelte ihren Kitzler und sie unterdrückte ein Stöhnen, als sie einen plötzlichen Ansturm von Vergnügen erlebte.

Sie brauchte ihn so sehr, dass es weh tat.

Ja, sie hatte schon oft masturbiert und an Yakin gedacht, aber so war es noch nie gewesen.

Das Bild von ihm nackt im Badezimmer war eines, das sie sicherlich für immer im Gedächtnis behalten würde.

Es schien eine Ewigkeit zu sein, aber es konnte kaum lange dauern, bis er ins warme Wasser des Bades rutschte.

Jetzt auf der Suche nach der duftenden Seife und dem Bimsstein, die sie selbst in dieser Nacht benutzt hatte.

Das Wasser war sauber und klar und ermöglichte ihm einen Blick auf seinen gesamten Körper, verzerrt von den Wellen, aber mehr als genug, um seine Fantasien zu beflügeln.

Sie schob ihren Finger in ihre Muschi hinein und aus ihr heraus, fand einen Rhythmus und spürte die glatte Nässe ihres Geschlechts.

Dann schaute sie noch einmal auf das Objekt ihrer Zuneigung, tat etwas, was sie noch nie zuvor getan hatte, und drückte einen zweiten Finger.

Er begann zu pumpen, hämmerte stärker, sein Atem stockte, er zog mit der anderen Hand an ihrer Brustwarze und drehte sie zwischen Daumen und Zeigefinger.

Sie wollte Yakin so sehr, aber das war alles, was sie tun konnte, um das Gefühl zu haben, dass er sie in ihr Bett eindrang.

Seine Finger arbeiteten hart, als er sie tiefer zwang und sich vorstellte, dass dieser riesige, vollständig aufrechte Schwanz in ihre eifrige Muschi eindrang.

Stellen Sie sich das feste Gesäß vor, das mit zunehmender Kraft in ihr pocht.

Er steckte einen dritten Finger in ihre lustvolle Leidenschaft und fand sie fest, fast schmerzhaft.

"Ich könnte dich verarschen, ich weiß, ich könnte ...", keuchte er und merkte plötzlich, dass er laut gesprochen hatte.

Dann traf ihn sein Höhepunkt, und sie bog sich über das Bett, ihr kleiner Korper krampfte sich zusammen, als Wellen von Orgasmen über sie krachten, die in ihrer Wildheit atemberaubend waren und sie sogar vor dem nackten Mann in der Lichtscheibe vor ihr blendeten.

KAPITEL III
CASSANDRA

37

Die Lederstiefel mit den weichen Sohlen machten wenig Lärm, als die dunkle Gestalt mit der Kapuze eine dunkle Seitenstraße entlangging.

Die nahe gelegenen Häuser waren groß, einige der opulentesten auf Tarantia, viele von ihnen wurden zu dieser Nachtzeit von Laternenlicht von innen beleuchtet.

Selbst wenn die Dunkelheit draußen nicht gewesen wäre, wäre wenig von den Gesichtszügen der Figur zu sehen gewesen, die unter dem langen Umhang mit Kapuze verborgen waren.

Die Gestalt sah sich um, um sicherzugehen, dass niemand hinschaute, aber die Straße war verlassen.

Er ging zur Hintertür eines der Häuser und klopfte leise an.

Nach einer langen Pause öffnete sich die Tür leicht und ein menschliches Gesicht spähte heraus.

Scheinbar zufrieden mit der Identität des Besuchers, öffnete der Mann die Tür weiter und die Gestalt verschwand darin.

Der Innenraum war düster und nur von dem Kronleuchter beleuchtet, den der Diener hielt.

Cassandra zog die Kapuze ihres Umhangs zurück und enthüllte ein hübsches, aber ernstes Gesicht mit blasser Haut und schulterlangen braunen Haaren.

Seine Abstammung war jedoch sofort ersichtlich, ebenso wie vielleicht sein Grund, sich zu verstecken.

Nur unter ihren Haaren waren die Spitzen von zwei kleinen schwarzen Hörnern zu sehen, und ihre Augen schimmerten im Kerzenlicht wie zwei dunkle Granate, eine definitiv unnatürliche rötliche Färbung.

"Ich werde Ihre Lordschaft über Ihre Anwesenheit informieren", sagte der Mann und reagierte anscheinend in keiner Weise auf sein aufschlussreiches Aussehen, "und bitte warten Sie hier."

Nachdem dies gesagt war, ging er, nahm die Kerze und tauchte den Raum in fast völlige Dunkelheit.

Für Cassandra war das wenig wichtig, obwohl sie keine Ahnung hatte, ob der Mann das bemerkt hatte oder nicht.

Sie war eine Halbdämonin, deren Blut von der Dunkelheit der Hölle selbst befleckt war.

Die meisten ihrer Vorfahren waren natürlich Menschen gewesen, aber eine ihrer Ur-Ur-Großmütter hatte sich mit einem Dämon auf eine Nacht zügelloser Ausschweifungen eingelassen und ihren Urgroßvater verlassen.

Er wusste oder kümmerte sich nicht um die genauen Details, geschweige denn, wie sich seine höllisch berührte Linie über Generationen ausgebreitet hatte, aber der höllische Fleck auf seinem Blut gab ihm einige Vorteile gegenüber weltlicheren Menschen.

Eine davon war die großartige Fähigkeit, im Dunkeln zu sehen, die selbst der Vision einer Katze widersprochen hätte.

Er schloss daraus, dass dies ein Wartezimmer für Besucher war, in dem ihm nicht klar war, dass der Eigentümer des Hauses wollte, dass andere es sahen, wenn sie ankamen.

Wahrscheinlich zum größten Teil Händler, aber auch solche wie sie.

Das Zimmer hatte wenig Dekoration und nur ein Fenster, das fest geschlossen war.

Hier waren ein paar Stühle, beide funktionell, aber nicht teuer genug, um wirklich um das Haus herum zu passen.

Der einzige Hauch von Persönlichkeit war im Flur dahinter, auf einem kleinen Sockel stehend.

Es war eine in Bronze gegossene Statuette, die einen Satyr mit einem unglaublich großen Phallus zeigte, der eine kleine Nymphe fickte.

Der Mund der Nymphe war offen und schrie, aber die Statuette war zu zweideutig, um zu sagen, ob der Bildhauer es zum Vergnügen oder zum Schmerz beabsichtigt hatte.

Was, wie sie vermutete, ziemlich absichtlich war.

Auf jeden Fall schien es eine seltsame Sache zu sein, sie im Flur zu haben.

Der Mann kehrte nach einer Wartezeit zurück, die sicherlich bedeutete, sie an ihre Stelle zu setzen, aber nicht lange genug, um wirklich unbequem zu sein.

"Seine Lordschaft wird dich jetzt sehen", sagte er und bedeutete ihr zu folgen.

Er führte den Weg durch einen Korridor, der, abgesehen vom Sockel und seiner Figur, dem eines anderen teuren und opulenten Hauses sehr ähnlich war.

Er fragte sich, ob die Bronzestatue zu seinem eigenen Vorteil dort aufgestellt worden war, und wenn ja, welche Botschaft sollte sie tragen?

Vielleicht wollte er sie nur verunsichern, aber wenn ja, war er gescheitert.

Es würde mehr als das brauchen, um einen Halbdämon zu überraschen.

Schließlich kamen sie zu einer doppelten Holztür mit einem abstrakten Basrelief, die der Mann öffnete, um auf einen helleren Raum dahinter hinzuweisen.

Er bedeutete ihr einzutreten, und als sie es tat, verbeugte sie sich schweigend vor dem Bewohner des Raumes, bevor sie zurücktrat und die Tür schloss.

Seine Lordschaft war eindeutig pervers.

Die Wandteppiche hingen an drei der vier Wände des Raumes und versteckten alle anderen Türen oder Fenster, die möglicherweise vorhanden waren.

Die einzige kahle Wand war die, die die Tür enthielt, durch die sie gerade eingetreten waren, und die leuchtende Laternen mit Kronleuchtern enthielt, die den Raum beleuchteten.

Zusätzlich gab es zwei Stühle und einen kleinen Tisch mit einer Flasche Wein und einem Glas.

Wenn Sie auf dem leeren Stuhl sitzen würden, wäre der Tisch unerreichbar, aber was noch wichtiger ist, nur die drei Wandteppichwände wären sichtbar.

Und ob die Figur im Flur sie unbehaglich machen sollte oder nicht, sicherlich taten es die Wandteppiche.

In jedem befand sich ein nächtlicher Garten voller nackter Körper, die von grafischen und expliziten sexuellen Handlungen umgeben waren.

Sie reichten von leidenschaftlich bis bizarr und sogar brutal.

Neben Menschen und Elfen schienen Tiermenschen und Halbdämonen eine herausragende Rolle zu spielen, und viele der Paare waren vom gleichen Geschlecht.

Nichts davon hatte etwas damit zu tun, warum sie hierher eingeladen worden war, und ihre Gedanken begannen vorsichtshalber, Fluchttaktiken zu formulieren.

Lady Gedren saß auf dem größeren der beiden Stühle, die wie Throne aussahen, und war mit rotem Stoff gepolstert.

"Guten Abend", sagte sie mit seidig sanfter Stimme, "nehmen Sie Platz."

Cassandra hatte bereits ihre Hausaufgaben gemacht, bevor sie zu der Frau vor ihr kam.

Lady Taramis Gedren wurde in den sozialen Kreisen des örtlichen Adels selten gesehen, und das aus gutem Grund: Sie war eine Dunkelelfe.

Soweit Cassandra feststellen konnte, war sie aus irgendeinem Grund aus ihrer eigenen Gesellschaft ausgeschlossen worden und hatte sich hier niedergelassen, um ihr Vermögen durch kaufmännische und magische Arbeit zu stärken.

Der Titel "Dame" war eine bloße Beeinträchtigung, ein Überbleibsel ihrer super exklusiven Erziehung.

Er setzte sich auf den leeren Stuhl und sah den Dunkelelfen an.

Auf der linken Schulter seiner Lordschaft befand sich eine Darstellung einer Elfe, die an dem steifen Schwanz eines MinoSnagg erstickte, und auf der anderen ein Bild eines menschlichen Mannes, der an einen Baum gekettet war, während ein männlicher Dunkelelf ihn sodomisierte.

Nach der Haltung des Menschen zu urteilen, war dies anscheinend etwas, das er trotz der Ketten sehr genoss.

Cassandra ignorierte beide Bilder und hielt ihren Blick fest auf die Frau vor sich gerichtet.

"Ich habe gehört, du bist gut", sagte ihre Lordschaft.

Der Halbdämon sagte nichts: Unter den gegebenen Umständen war der Satz ziemlich zweideutig.

"Um Dinge ohne das Wissen ihres Besitzers zu erhalten", fügte der Dunkelelf nach einer kurzen Pause hinzu, "um die Räumlichkeiten zu betreten, in denen andere es vorziehen würden, nicht entweiht zu werden. Ist das wahr?"

"Ja", antwortete Cassandra, eine einfache Tatsachenerklärung.

Gedren wusste es bereits, sonst wäre sie nicht hier.

Die Dunkelelfe nickte und hielt ihren Gesichtsausdruck hochmütig.

Ihr Kleid, wenn man es so nennen könnte, bestand aus einem dunkelvioletten Material, aber Cassandra vermutete, dass sein Schöpfer kein einfacher Schneider gewesen sein konnte.

Das Oberteil bestand aus zwei Stücken des unbestimmten dunkelvioletten Materials, die über Gedrens Brüste gespannt waren, zusammen mit einem goldenen Verschluss mit einem einzelnen Rubin an ihrem breiten Ausschnitt und schwarzen Stoffstreifen um ihren Rücken und über ihre Schultern. .

Sie trug auch einen Umhang aus einem feinen, seidig schwarzen Material, der einen Halsreif um ihren Hals bildete, wurde aber zurückgeschoben, um das sinnliche und erotische Ensemble des restlichen Körpers besser zu zeigen.

Silberne Armreifen schmückten ihre nackten Arme, während schwarze Polsterteile ihre Arme in Form von Rüstungen bedeckten, aber eindeutig dekorativ und nicht praktisch waren.

Seine Haut war tiefschwarz, glatt und makellos.

Ihr Bauch war nackt, dünn und kurvig, nur von einer goldenen filigranen Kette direkt unter ihrem Nabel verziert, die einen kleinen hängenden Edelstein hielt.

Darunter befand sich der zweite Teil ihres Kleides, zwei breite Streifen aus demselben dunkelvioletten Material, die zwischen ihre Beine gewickelt waren und bis in die Mitte ihrer Waden reichten.

Zu ihnen gesellten sich zwei weitere schwarze Träger, einer über ihre nackten Hüften und der andere über ihre Oberschenkel.

Es sah fast aus wie ein Hemd, aber dennoch waren ihre Beine fast nackt.

"Ich habe eine Aufgabe, die jemanden mit Ihren besonderen Talenten erfordert", sagte Lady Gedren, "es versteht sich von selbst, dass Ihre Diskretion absolut notwendig ist."

"Sie werden wissen, dass mit meiner Arbeit Stille garantiert ist", antwortete die Dämonin.

Gedren hätte es auch schon überprüft.

Es war in diesem Geschäft zu erwarten.

"Perfekt." antwortete die Dunkelelfe mit einem leicht verlockenden Lächeln auf den Lippen.

Ihr Haar war rein weiß wie Schnee, zu einem langen Pferdeschwanz zusammengebunden, mit losen Fransen, die ihr Gesicht umrahmten.

Seine Augen waren hell bernsteinfarben, aber irgendwie kalt wie Eis.

Sie schien nicht die Art von Frau zu sein, mit der Sie Ihren Weg kreuzen wollten, aber Cassandra hatte sich in ihrem Leben mit vielen dieser Art von Menschen befasst, und es gab nur wenige Menschen, die sie jetzt einschüchtern konnten.

Gedren kreuzte träge ihre Beine und zeigte die glatte schwarze Ausbreitung eines nackten Oberschenkels und, wahrscheinlich ganz absichtlich, einen Blitz ihres tiefvioletten Höschens.

Cassandra musste zugeben, dass ihr ganzer Ansatz neu für sie war.

Wenn jemand sie beeindrucken wollte, wie mächtig und erschreckend sie waren, würde er normalerweise die implizite Androhung von Gewalt nutzen.

Dies war das erste Mal, dass jemand versuchte, sie durch Sexualität zu entmutigen.

Aber sie war entschlossen, dass es nicht besser funktionieren würde als jeder andere Ansatz.

Und nicht nur durch die Verwendung von Dekorationen und das Aufdecken von Kleidung versuchte Gedren, dass sie sich unwohl fühlte.

Selbst innerhalb der kurzen Zeitspanne, in der sie im Raum gewesen war, hatten die Augen der Dunkelelfe bereits mehrmals über ihren Körper gefegt.

Cassandra trug Lederkleidung, die bis auf ihren Kopf jeden Zentimeter ihrer Haut bedeckte, aber es bestand kein Zweifel, dass er sie geistig auszog.

Als Halbdämon war das eine ungewöhnliche Erfahrung, und es schien nicht so, als würde Gedren seinen Wunsch vortäuschen.

Wenn die Wandteppiche ein Leitfaden waren, war ihr Geschmack eher ungewöhnlich und vielfältig, aber leider hatte Cassandra für die Dunkelelfe nicht die Absicht, dies jetzt mit einer anderen Frau zu tun.

"Es gibt einige Personen, die kürzlich in diese Stadt zurückgekehrt sind", fuhr Lady Gedren fort.

"Sie sind die Art von Menschen, die dazu neigen, tief in die unterirdischen Ruinen zu gehen, um nach Gold und Schätzen zu suchen. Ich bin sicher, Sie kennen die Art von Menschen, von denen ich Ihnen erzähle. Sie sind Experten und erfahren, wie jeder, der lange überleben musste. in Abenteuern."

Cassandra nickte, wartete aber darauf, dass Lady Gedren fertig war, was sie zu sagen hatte.

"Und sie haben etwas erworben, etwas, das Sie für mich erhalten sollen ...".

KAPITEL IV
VALERIA

Valeria stieg die Treppe im hinteren Teil des Kartografie- und Kartenladens hinauf.

Onna, die Besitzerin des Ladens, war jemand, den er vor langer Zeit gekannt hatte.

Er hatte oft interessante Dokumente oder Karten für die Reise zur Verfügung gestellt, die sie zu dramatischen Abenteuern in den Northlands geführt hatten.

Die letzte Karte dieser Art war besonders nützlich gewesen, und sie hatte es verdient, das Ergebnis dieses Abenteuers zu erfahren, und so näherte sich Valeria kurz nach ihrer Rückkehr.

Sie klopfte an die Tür von Onnas Wohnung über dem Laden und wurde kurze Zeit später belohnt, als der Besitzer die Tür öffnete.

Valeria sah, dass die Frau gut gekleidet war und ein sattes blaues ärmelloses Kleid trug, mit einem langen Rock an der Seite, um ein schlankes Bein und knöchellange Stiefel zu zeigen.

Ein breiter Gürtel zog ihre Taille zusammen und betonte ihre Figur. Das Kleid selbst hatte einen rautenförmigen Ausschnitt zwischen den Brüsten mit Riemen über den nackten Schultern, an deren Hals eine Kette aus Bernsteinsteinen hing.

Valeria bemerkte das alles und erkannte sofort, dass es wahrscheinlich nicht die Freizeitkleidung ihrer Freundin war.

"Habe ich dich unterbrochen?" Sie fragte: "Ich kann morgen immer zurückkommen."

Onna sah für einen Moment verwirrt aus, und dann sah sie auf sich herab und folgte den Augen des Elfen.

"Oh, nichts, was nicht verschoben werden kann", sagte sie und errötete leicht. "Ich war nur ... nein, es ist nichts. Komm rein."

"Wenn du dir sicher bist", antwortete Valeria und trat ein.

Sie war schon einmal hier gewesen, aber nicht sehr oft.

Sie wurden im Allgemeinen im Laden gesehen.

Onna hat die besten und wertvollsten Dokumente hier aufbewahrt, wo sie am sichersten wären.

Nachdem sie herausgefunden hatte, dass Valerias Kunden für solche Informationen gut bezahlt hatten, hatten diese Dokumente ihr wertvolle Kunden geliefert und sie wurden Freunde, und sie gehörte zu den wenigen Menschen, die Zugang zu ihrem inneren Heiligtum hatten.

Ein langes Polstersofa befand sich in der Mitte des Raumes und lag auf einem satten blau-weißen Teppich vor einem verzierten Kamin, der zu dieser Jahreszeit unbeleuchtet blieb.

Antike Vasen und Kunstgegenstände schmückten den Raum und zeigten die Leidenschaft der Frau für Dinge der Vergangenheit.

Im hinteren Teil des Raumes enthielt ein Schreibtisch mehrere Pergamentstücke, die offensichtlich gerade von Onna untersucht wurden.

"Ich wollte dich wissen lassen, wie dein letzter Verkauf ausgegangen ist", erklärte die Elfenfrau, "es war sehr profitabel für uns."

"Ja, ich habe gehört, dass Sie zurück sind", sagte Onna, "die Nachrichten verbreiten sich schnell. Conan und Snagg waren erst vor zwei Nächten beim Gold Cup, und die halbe Stadt weiß es bereits."

Valeria nickte lächelnd.

Conan war erst am nächsten Morgen zurückgekehrt, was fast ungewöhnlich war, und selbst Snagg war zu spät gekommen.

Zweifellos hatten sie ihre Zeit damit verbracht, jedem zu gefallen, der zuhören würde.

"Also kennst du die Geschichte schon?" sie fragte ein wenig enttäuscht.

"Nur die Geschichte vage; Sie müssen sie für mich ausfüllen. Aber vorher habe ich andere Angelegenheiten für Sie. Ich bin auf ein Dokument gestoßen, von dem ich denke, dass Sie es ziemlich interessant finden."

"Wir haben noch nicht vor, wieder auszugehen", warnte Valeria ihn, "aber das ist kein Grund, nicht hinzuschauen, dem stimme ich zu."

Wenn das Dokument nützlich wäre, wäre es besser, es jetzt zu kaufen, als zu riskieren, dass es an andere Abenteurer verkauft wird, bevor sie es erhalten können.

Er folgte Onna zum Schreibtisch und betrachtete neugierig die Pergamentstücke vor sich.

"Dies ist die einzige Kopie, die es gibt", sagte Onna und hielt ein Bündel älterer Schriftrollen hoch. "Es geht eigentlich um diese Stadt, genau hier. Ein altes Dokument, das mir zufällig in die Hände gekommen ist. Es scheint ein Bericht über einige Abenteurer aus vergangenen Zeiten zu sein. Sie haben etwas unter der Stadt gefunden, in den alten Quellen, denke ich. Schau, hier gibt es einige Karten, die ziemlich grob gezeichnet sind, ich weiß, aber sie scheinen sich auf etwas Gefährliches zu beziehen."

"Nichts, was gefährlich genug ist, um die Stadt für ein Jahrhundert oder so zu zerstören, oder?" Der Elf antwortete lächelnd.

Onna lächelte als Antwort, ein Blitz weißer Zähne.

"Nein, ich denke nicht. Aber es ist trotzdem interessant, nicht wahr? Und genau hier, also besteht keine Notwendigkeit, irgendwohin zu gehen, um es zu untersuchen. Ich denke, es könnte sich lohnen, es zu lesen."

Valeria nickte. "Ich bin interessiert. Wir können die Preisgestaltung später besprechen."

Natürlich ... aber es gibt noch eine letzte Sache. Etwas, bei dem ich deine Hilfe brauche. Ich bin kürzlich auf ein anderes Dokument gestoßen. Es gibt keinen Grund anzunehmen, dass es für Abenteurer von besonderem Interesse ist ... aber es ist ein archaischer Elfendialekt, den ich nur schwer übersetzen kann. Um ehrlich zu sein, komme ich nicht zu weit; Es gibt zu viele unbekannte Wörter für mich. Wenn du es sehen kannst und mir eine Idee gibst, ob es sich lohnt, weiter zu untersuchen, was da draußen ist ... Ich könnte dir vielleicht einen Rabatt auf dieses geben ", streichelte sie leicht das Bündel Karten.

"Sicher, warum nicht? Lass mich einen Blick darauf werfen und ich werde sehen, was ich dir sagen kann."

Onna reichte ihm ein paar Pergamentblätter, die nicht so alt zu sein schienen wie die anderen.

Ja, der Dialekt war sehr archaisch und muss mehrmals kopiert worden sein, aber die Schrift war eindeutig Elven.

Er überprüfte sie für kurze Zeit, unterdrückte dann ein Lachen und legte seine Hand über seinen Mund, um seine Belustigung zu verbergen.

"Es tut mir leid", sagte er, "nicht ganz das, was Sie denken. Es ist nicht wirklich archaisch ... im Gegenteil, wenn überhaupt. Aber nein, ich kann sehen, dass viele dieser Wörter nicht das sind, was Sie normalerweise in Ihrer Arbeit finden würden." Und der Stil ist ... es ist auch nicht wirklich einer, mit dem ich vertraut bin. "

Onna runzelte die Stirn und sah verwirrt aus.

Die Mundwinkel zuckten jedoch aus Sympathie für die Belustigung des Elfen, wussten aber nicht, worum es bei dem Witz ging.

"Also, was ist es? Ist es nicht wertvoll? Sag mir, es ist nicht nur eine Einkaufsliste oder so!"

"Nein, das ist es nicht." Valeria hatte es schwer, nicht zu lächeln.

Es war wirklich nicht die Schuld ihrer Freundin, dass sie darauf gestoßen ist.

"Und ich nehme an, es könnte für den richtigen Käufer etwas wert sein. Es ist nur ... nun, vielleicht sollte ich dich ein bisschen lesen, damit du weißt, wovon ich rede."

* * *

Der duftende Duft von Rosen hing in der Luft, das Licht befleckte die grünen Blätter wie ein Hauch von Sonnenlicht auf sprudelndem Wasser.

Die elfische Jungfrau wartete auf den Segen der Entrückung, die eine neue Morgendämmerung einläuten würde. Ihr Herz sang eine alte, aber neue Melodie, ein Versprechen des fruchtbaren Erwachens.

Der Atem ihres Geliebten, so sanft wie der Sommerregen auf ihrem Gesicht, ihr Kuss, das Versprechen einer unbekannten Zukunft.

Die Berührung eines Schmetterlings wäre genauso süß, als wenn die Elfenjungfrau die großen, hellen Kugeln der Brüste ihres gewünschten Geliebten auf ihre Zunge brachte ...

* * *

"Entschuldigung, ich kann einfach nicht weitermachen!" Sagte Valeria jetzt laut lachend.

"Aber ich denke du verstehst die Situation. Dies ... das ist im Grunde genommen Elfenpornografie. Und der Stil ist wahrscheinlich übertrieben, selbst wenn er in die gemeinsame Sprache übersetzt zu sein scheint. Poetische Anspielungen und so weiter ... Leute lesen das, aber nicht Ich glaube nicht, dass es Teil ihrer gewohnten Lektüre ist. Sie möchte mich nicht zu einem Experten für diese Lesungen machen."

Onna hatte offenbar eine ganz andere Reaktion.

Sie sah nervöser aus als alles andere, ihre Augen weit aufgerissen, obwohl ihr Mund immer noch zu einem halben Lächeln verzerrt war, als könnte sie zumindest die lustige Seite sehen.

Er öffnete den Mund, als wollte er etwas sagen, aber sie schien besser darüber nachzudenken.

"Ja?" Sagte Valeria mit mehr Freundlichkeit, obwohl sie immer noch ein Lächeln auf den Lippen hatte.

"Aber ... ähm ... ich meine, die Elfenjungfrau in der ... ähm, hast du nicht 'von ihrem Geliebten' gesagt ..." Sie ließ den Satz unvollständig und begann nun ein wenig rot zu werden.

Die Elfe erkannte sofort die Quelle der Verwirrung ihrer Freundin.

Die Menschen waren in diesen Dingen etwas langsam.

"Ja", sagte sie und sah jetzt etwas ernster aus, "die Geliebte der 'Elfenjungfrau' ist eine andere Frau. Ohne weiterzulesen ist es schwierig, sicher zu sein, aber es scheint keinen Mann zu geben, der an dieser bestimmten Geschichte beteiligt ist."

"Ist das ... ist das üblich?"

Onnas Augen waren immer noch groß, und jetzt ergriff sie mit einer Hand die Seite des Schreibtisches, eine Welle von Emotionen schoss durch ihr Gesicht.

Es war ihr eindeutig peinlich, mehr zu fragen, aber sie war gleichzeitig neugierig und wollte die Antwort wissen.

"Unter den Elfen? Ja, das ist es."

Eine direkte Antwort schien der beste Weg zu sein, um das Problem anzugehen.

Zumindest hatte die menschliche Frau keine Angst gehabt oder negativ reagiert.

Zumindest dafür hatte sie eine klare Erklärung verdient ... aber Valeria war sich immer noch nicht sicher, wohin die Fragen gingen.

"Schauen Sie, im Grunde sind Elfen freie Menschen. Sex ist eine andere Erfahrung, die wir als Teil unserer Liebe zur Natur genießen. Wir binden sie nicht an strenge Regeln und Vorschriften. Und diese Freiheit erstreckt sich auf das Geschlecht unseres Partners oder Begleiter, so viel wie alles andere. Und sie sind nicht nur Frauen; elfische Männer haben oft enge Beziehungen zueinander, wie es die meisten Männer nicht tun. Für uns ist das alles wirklich ein Teil des Lebens. ".

"Also ..." Sie schien sich nicht sicher zu sein, wie sie die nächsten Worte herausbringen sollte.

Seine blauen Augen waren auf Valerias gerichtet, und sie schluckte ihre Nervosität ein wenig.

Plötzlich war dem Elfen ziemlich klar, wohin das alles führen würde.

Und er würde jetzt nichts dagegen haben, wenn nur Onna die Frage stellen könnte.

"Also ...", fuhr der Kartenanbieter fort, "wirklich ...?"

"Würdest du mit einer anderen Frau schlafen?"

Sie wusste, dass sie sicher war, dass sie das jetzt fragen wollte, und wollte nur die Reaktion des Menschen sehen.

"Ja, würde ich. Es ist nichts falsch mit einem Mann ... wie ich sagte, wir sind frei mit unseren Zuneigungen. Aber trotzdem gibt es nichts wie das Gefühl einer Frau; sie wissen immer, wo sie anfassen müssen. Und das. Es scheint mir wirklich göttlich. "

Er trat einen Schritt vor, so dass sie nur Zentimeter voneinander entfernt waren, aber Onna bewegte sich nicht und seine Augen hatten Valerias immer noch nicht verlassen.

Er leckte sich die Lippen, um sie zu befeuchten.

Valeria sah zu, wie die rosa Zunge ihrer Freundin über ihre Lippen glitt.

Onnas Brust hob und senkte sich jetzt, deutlich sichtbar durch das tief geschnittene Kleid.

Die Elfe fragte sich nun, ob das Kleid, so attraktiv es auch war, für sie bestimmt gewesen war.

Onna hätte gewusst, dass sie kommen würde ... aber offensichtlich hatte sie das nicht erwartet; Seine Verwirrung beim Hören der gelesenen Passage war sehr deutlich gewesen.

Vielleicht hatte sie es in einem tiefen Teil ihres Geistes gewollt, aber bis jetzt nicht wirklich verstanden.

Nachdem sich die Gelegenheit so klar wie möglich bot, war sie verwirrt.

Onna holte noch einmal Luft und fragte dann mit einer Stimme, die fast zitterte und selbst in dieser kurzen Entfernung kaum hörbar war: "Könnten Sie mich unterrichten?"

Anstatt zu antworten, beugte sich Valeria vor, streichelte die Wange des Kartenanbieters und küsste sie dann auf die Lippen.

Es war ein einfacher Kontakt, aber für einen Moment zog sich Onna zurück und war sich nicht sicher.

Aber nur für einen Moment war es bereits Onna, die den nächsten Schritt unternahm und die Elfenzauberin als Antwort küsste, und diesmal mit mehr Selbstvertrauen als zuvor.

Ihre Lippen teilten sich und ihre Zungen verschränkten sich, als Valeria ihren Körper gegen den ihrer Freundin drückte und die Form ihrer Brüste durch ihre Kleidung spürte.

Er lehnte sich zurück, spähte in Onnas Gesicht, blickte in ihre blauen Augen und fühlte das innere Verlangen, das von ihren Worten nicht ausgesprochen wurde, dass er so große Schwierigkeiten hatte, es zu artikulieren.

Ihr sandiges Haar war zurückgezogen und ihr langer Hals nackt und attraktiv.

Valeria fuhr mit der Fingerspitze über Onnas Kinn, hob sie leicht an, küsste dann ihren Hals und die Seite ihres Halses, legte die andere Hand um die Taille der Frau und spürte die weiche Wärme des Stoffes.

"Vielleicht sollten wir auf die Couch gehen?" Sie schlug vor.

Irgendwo hier war ein Schlafzimmer, aber der Elf war zu eifrig, Zeit damit zu verschwenden, zu ihm zu gehen, und sie vermutete, dass die menschliche Frau es noch mehr war.

Besser hier, in diesem Raum, den Sie beide nicht kennen.

Die andere Frau nickte, dachte vielleicht die gleichen Gedanken oder war in diesem Moment vielleicht zu aufgeregt, um an etwas anderes zu denken.

Onna saß auf der Couch und drehte sich fast um, ihre Beine schlaff.

Valeria lächelte und streckte die Hand aus, um das Gesicht der Frau wieder zu berühren.

"Mach dir keine Sorgen", sagte sie beruhigend, "das wird Spaß machen."

Sie setzte sich halb auf die Couch neben ihn, so dass sie sich immer noch gegenüber standen.

Onna lehnte sich zur Unterstützung hinter das Sofa, die Arme ausgestreckt, den Mund angelehnt, und das Heben und Senken ihrer Brust deutlicher als je zuvor.

Ein silberner Verschluss hielt den Stoff ihres Kleides über dem rautenförmigen Ausschnitt, durch den Valeria einen Teil der Spaltung der Frau sehen konnte.

Sie fuhr mit dem Finger über das Schlüsselbein ihres Partners, ging über die Halskette mit den Juwelen, löste dann geschickt den Verschluss, zog die beiden Stoffstücke nach unten und zur Seite und legte Onnas Bruste frei.

Die menschliche Frau machte keine Bewegung, als wäre sie gefroren, wo sie war, worauf Valeria sie wieder anlächelte und nach den Schultergurten griff.

Schließlich bewegte Onna ihre Arme wie in Trance und hob sich ein wenig von der Rückseite des Sofas, damit Valeria ihr Kleid von ihren Schultern bis zur Taille herunterziehen konnte.

"Du siehst wunderschön aus", sagte er ehrlich, aber die Frau antwortete nicht.

Er küsste Onnas Lippen und Zunge noch einmal kurz und sagte mehr mit der Begeisterung, mit der er die Küsse erhielt, als mit dem, was er in Worte fassen konnte.

Ihre nackten Brüste rieben jetzt an dem Stoff von Valerias eigenem Kleid, aber die Elfe beschloss, ihre eigenen Kleider etwas länger zu behalten.

Als er den Kuss beendet hatte, sah er zurück zu Onnas Brust.

Die Brüste der Frau waren groß, größer als seine, aber nicht übermäßig voll.

Sie bewegte ihre Hände über sie, spürte die Weichheit ihrer Haut und ließ die rosa Brustwarzen sich versteifen.

Der Kartenverkäufer schnappte nach Luft, ein Schrei des Vergnügens, der unwillkürlich aufstieg.

Valeria lächelte wieder.

Sie genoss das und nahm sich Zeit.

Sie beugte sich vor, um eine Brust zu küssen, rollte die Brustwarze unter ihre Zunge und ließ ihre Freundin wieder nach Luft schnappen, diesmal lauter.

Seine Leidenschaft stieg jetzt unbestreitbar an, aber er machte immer noch keine Bewegung auf die Elfenfrau zu.

Valeria küsste die andere Brust, bewegte ihre Hand, um sie loszulassen, und stand dann auf.

Onna sah für eine Sekunde verletzt aus und wollte eindeutig, dass das Vergnügen weiterging, bis sie bemerkte, dass Valeria versuchte, ihr Kleid aufzuknöpfen.

Im Gegensatz zu der menschlichen Frau hatte sie sich für heute nicht besonders angezogen, obwohl sie sich im Nachhinein wünschte, sie hätte es getan.

Sie trug ein langes grünes Kleid, das am Schlüsselbein geschnitten, aber nicht tiefer war, mit langen Ärmeln und einem blassgelben Oberteil, das ihre schlanke Taille zur Geltung brachte.

Ihr Haar wurde von grünen Bändern oben über ihre spitzen Ohren gehalten, aber es hing lose über ihren Rücken und erreichte fast die Oberseite ihres Gesäßes.

Jetzt knöpfte sie den Reißverschluss auf, der das Kleid im Nacken hielt, löste ihre Arme von den schmalen Ärmeln und schob das Kleid über ihre Hüften.

Während ihre Freundin offensichtlich beschlossen hatte, nichts unter der Oberseite ihres Kleides zu tragen, hatte Valeria immer noch einen Slip unter ihrer weichen weißen Seide, der ihre schönen Kurven kennzeichnete.

Sie konnte die Vorfreude in Onnas Augen spüren, als sie beobachtete, wie sie sich auszog. Sein Blick wanderte von ihren schlanken Waden und weichen grünen Schuhen entlang ihres seidenbedeckten Körpers zur Krümmung ihrer kleinen Brüste.

Um den Moment noch ein bisschen zu verlängern, zog Valeria ihr Kleid aus und zog dann nacheinander ihre Schuhe aus.

Dann kniete er sich auf den Teppich und spürte das dicke Material auf seinen nackten Knien.

Er befreite eine Schulter von der Kombination, dann die andere und schob die Seide langsam über seinen Körper, um sich an seiner Taille zu treffen.

Onna machte keine Anstalten, sie zu berühren, also hob sie leicht ihre Hand zu ihr und küsste sie erneut.

Ihre Brüste berührten, jetzt ohne Stoff dazwischen, das kleinste Brustpaar des Elfen, das gegen die größeren Menschen drückte.

Die Kartenverkäuferin schnappte nach Luft und zog sich von dem Kuss zurück. Ihre Emotionen waren sehr offensichtlich.

Valeria entschied, dass sie lange genug gewartet hatte.

Sie lehnte sich wieder auf den Fersen zurück und bewegte ihre Hände über Onnas weichen Bauch, neckte dabei ihren Bauchnabel, schnallte dann den Gürtel ab und legte ihn beiseite, bevor sie das blaue Kleid über die Beine der Frau zog, um sich zu stapeln. auf deinen Füßen.

Onna trat ihn, eifrig weiterzumachen, und trug jetzt nur noch ihre Stiefel und ein weißes Höschen.

Jetzt senkte Valeria das Höschen ihrer Freundin und legte es ihr zu Füßen, aber keine der Frauen bewegte sich, um ihre Stiefel auszuziehen.

Valeria teilte sanft die Beine des Menschen und streichelte die Innenseite ihres freiliegenden Oberschenkels.

Onna schauderte, plötzlich verletzlich, alle entblößt.

"Du willst das?" Fragte der Elf, der die Antwort bereits kannte, aber die Worte hören wollte.

Aber Onna schwieg und nickte nur schweigend.

Sie fuhr mit den Fingern wieder über den Bauch der Frau, diesmal breitete sie sich weiter aus und strich über das lockige Haar über ihre Muschi.

Dann kniete sie nieder und küsste ihn.

Der Körper des Kartenverkäufers krümmte sich und sie stöhnte vor Vergnügen, das lauteste Geräusch, das sie jemals gemacht hatte.

Ermutigt fuhr Valeria mit ihrer Zunge über die gesamte Länge der Vaginallippen der Frau und stieß dann seine Zunge tief in ihre Muschi.

Das Stöhnen war diesmal noch lauter, ihre Schenkel krampften sich zusammen, und Onna streckte die Hand aus, fuhr mit den Fingern durch die Haare der Elfenfrau und drückte sie gegen ihren Schritt.

Valeria fuhr fort, schob ihre Zunge hinein und heraus, genoss jeden Tropfen der Erregung des Menschen und neckte ihren Kitzler.

Seine Hände streichelten die Schenkel und das Gesäß der Frau und hoben sie an, um eine bessere Position des Vergnügens zu erreichen.

Onna stöhnte, umklammerte mit einer Hand ihre eigene linke Brust und mit der anderen den Kopf des Elfenmagiers.

Sie sprach zum ersten Mal und rief Valerias Namen mit zitternden Hüften.

Als die Elfe weiter nachforschte, ihren Kitzler mit der Zungenspitze leckte und schnippte, konnte sie erkennen, dass der Kartenverkäufer sich dem Höhepunkt näherte.

Alle Spuren ihrer früheren Stille waren verschwunden, und ihr lustvolles Stöhnen hallte durch den Raum.

Sie konnte nicht viel länger dauern.

Und Valeria wollte nicht, dass er es auch tat.

Mit einem langen, lang anhaltenden Stöhnen erreichte Onna ihren Höhepunkt, ihr Körper war gegen die Couch gewölbt, ihre Stiefelfüße trommelten auf dem Boden, ihre Brüste hoben sich.

Die Elfe lehnte sich zurück und starrte die Frau an, während sie nach Luft schnappte. Schweißperlen schmückten jetzt ihren nackten Körper.

"Das war ... das war ...", keuchte Onna, als sie sich bemühte, wieder normal zu atmen.

"Das", sagte Valeria, "ist noch nicht vorbei. Ich denke, du willst noch mehr ... und ich werde es dir geben."

Er stand auf und ließ die Kombination über seine Beine auf den Boden gleiten.

Die menschliche Frau sah fast so aus, als ob sie sich dabei schuldig fühlte, aber dann leckte sie sich die Lippen, als sie die Nacktheit des Elfen beobachtete, der vor ihr stand.

"Ich weiß nicht, ob ich kann ...", sagte sie flehend. "Noch nicht ... du bist wunderschön, Valeria, und ich möchte ... aber ich muss zu Atem kommen."

"Oh, ich denke du bist bereit", antwortete sie und beugte sich vor, um diese Lippen noch einmal zu küssen.

Onna schloss die Augen, der Kuss hielt an und die Bewegung ihres Körpers, als sich ihre Brüste wieder berührten, überzeugte die Elfe, dass sie Recht hatte.

Was gut war, denn ihre eigene Muschi schmerzte jetzt, ihr eigenes Vergnügen hatte zu lange gedauert.

Er nahm Onnas Hand und zog sie an den Teppich, so dass die beiden sich gegenüber lagen.

Sie küssten sich erneut, ihre Körper waren verschlungen, ihre Beine rutschten gegeneinander.

Sie umarmten sich, Onna fuhr mit den Fingern einer Hand durch das lange, seidige Haar der Elfe und streichelte ihren Rücken, während Valeria ihr Gesäß streichelte.

Der Kuss ging weiter, der Körper des Kartenanbieters rieb sich an Valerias und ihre Brustwarzen verhärteten sich erneut.

Die Elfe ließ sie los, schob ihre Hand nach oben, um eine Brust zu fassen, und rieb dann einen Finger über die rosa Brustwarze.

"Siehst du?" Sie sagte: "Du bist wieder mehr als bereit. Aber diesmal ..."

"Oh ja", sagte Onna, "ich möchte, dass dies für uns beide ist. Ich habe oft ... über so etwas nachgedacht. Wie es wäre, mit einer anderen Frau zusammen zu sein, aber niemals ... ich hätte nicht gedacht, dass ich die Chance bekommen würde." Jetzt möchte ich diesen Moment nicht verpassen. "

"Tu, was du willst, ohne Angst", antwortete die Elfe und küsste sie noch einmal.

Onnas Hände bewegten sich, glitten um ihren Bauch und auf die kleinen Brüste der Elfe zu.

Valeria seufzte zufrieden und rollte sich auf den Rücken.

Die Kartenverkäuferin beugte sich über sie, küsste ihr Schlüsselbein, umfasste eine Brust und fühlte sie an ihren Händen, aber nicht mehr.

Um sie aufzuheitern, fuhr die elfische Abenteurerin mit ihrer eigenen Hand über den Bauch der Frau, erkundete erneut zwischen ihren

Beinen, fand ihre Lippen feucht und geschwollen und lud immer noch zum Vergnügen ein.

Onna schnappte nach Luft und beugte sich dann vor, um Valerias Brustwarzen zu küssen. Ihre Zunge war feucht und eifrig.

"Ja ...", murmelte sie, "oh ja ..."

Die Elfe reagierte, indem sie ihre Finger nach innen bewegte und in die Nässe der Muschi der Frau eindrang.

Ihr Partner stöhnte und wand sich auf dem Teppich, als Valeria ein Bein in ihr hakte.

Schließlich schien Onna zu erkennen, was ihr Geliebter brauchte, berührte vorsichtig die Beine der Elfe und fuhr mit einem Finger zwischen ihre Schenkel.

Wie viel hat ihn diese Berührung, diese provokative Aktion gekostet!

Valeria bewegte ihre eigenen Finger hinein und heraus, rutschte in die Nässe von Onnas Muschi und zeigte der Frau, was sie selbst wollte.

Der Mensch fummelte, ihr Daumen rutschte in der Süße ihres Geschlechts über die Fotze der Elfenfrau.

Die Elfe stöhnte leise, ermutigte sie und bewegte ihre eigenen Finger schneller.

Das war zu viel für Onna.

Sie rollte sich auf den Rücken, schwang die Beine, zuckte zusammen und löste sich.

Valeria stützte sich auf einen Ellbogen, ihre Finger pumpten immer noch hinein und heraus, als Onna nach einer ihrer Brüste griff.

Die Frau flehte sie jetzt an, schnappte nach Luft und schrie vor Vergnügen.

Valeria wand sich und legte ihr Gesicht erneut auf Onnas Muschi.

Er leckte es begeistert, sein Zeigefinger glitt immer noch in die Nässe der Frau hinein und aus ihr heraus und fand ihren Kitzler mit seiner Zunge.

Onna schrie, vergaß ihre eigenen Liebkosungen, eine Hand ergriff Valerias Gesäß und drückte ihre Nase gegen den Bauch ihrer Freundin.

Die Elfe setzte sich auf sie, einen Oberschenkel auf beiden Seiten ihres Gesichts, leckte und saugte immer noch, während ihr Finger weiter nachforschte.

Mit einem letzten wortlosen Schrei kam Onna ein zweites Mal an. Ihr Körper krampfte sich zusammen und umklammerte Valerias Rücken. Ihr Gesicht drückte sich jetzt gegen einen der inneren Schenkel des Elfen.

Ihre Beine zuckten und sie stöhnte, als das lange Haar des Abenteurers über ihre Seite glitt.

"Göttin, es tut mir leid", sagte der Mensch. "Du bist so gut". Sie schluckte, bevor sie fortfuhr: "Aber ich will alles. Jetzt weiß ich, wie es sich anfühlt. Und ich möchte eine andere Frau wie mich zum Abspritzen bringen. Ich brauche nur ... ich muss nur wissen, wie ich es richtig mache."

"Ich denke, Sie wissen, was zu tun ist", sagte Valeria, "als ob Sie es sich selbst antun würden."

Er war jetzt ungeduldig, versuchte es aber nicht zu zeigen.

"Ich brauche dich, ich brauche dich jetzt wirklich. Ich kann nicht länger warten."

Onna streckte sich und verwandelte ihr Gesicht in die eigene Fotze des Elfen.

Valeria spürte, wie sein Finger in ihre Muschi glitt und schnappte erneut nach Luft, als sich das Vergnügen zu entwickeln begann.

Sie brauchte Freilassung, sie brauchte es jetzt dringend.

Sie bewegte ihre Hüften hin und her und rieb seinen Finger an der Innenseite ihrer Muschi.

Die Kartenverkäuferin atmete schwer und war sich immer noch nicht sicher.

"Ja, das ist in Ordnung", stöhnte der Elf, "hör nicht auf."

Onna wedelte jetzt ungeduldig mit dem Finger, und Valeria zuckte erwartungsvoll zusammen.

Die Hand der menschlichen Frau war jetzt rutschig mit ihrem Geschlecht, als die Elfe die Innenseite ihres Oberschenkels küsste und mit der Zungenspitze über eine Lippe ihrer Vagina fuhr.

Bei Berührung ihrer Zunge stieß der Kartenverkäufer einen erstickten Schrei aus, zog ihren Finger heraus und packte Valerias Gesäß mit beiden Händen, was sie zwang, ihre Vagina in ihren Mund zu senken.

Seine Zunge glitt unerfahren in die Fotze des Elfen, bis er ihren Kitzler fand.

"Ja, genau dort!" Valeria schrie und drückte ihre Hüften gegen das Gesicht der Frau.

Onna wurde ermutigt, ihre Fähigkeiten und ihr Selbstvertrauen wuchsen offensichtlich.

Das war alles was es brauchte, Mut.

Der Elf konnte nicht mehr sprechen.

Sie schnappte nach Luft und rief den Namen ihres Geliebten, als das köstliche Vergnügen zunahm.

Sie kam plötzlich und ihre Schenkel griffen fast nach Onnas Kopf.

Es war eine Explosion, ihre aufgestaute Leidenschaft löste sich in einem plötzlichen Moment auf, und ihr Stöhnen entsprach dem ihres Partners.

Wellen des Vergnügens krachten gegen ihren Körper und ließen sie blind leer.

Onna wusste jetzt genau, wie es sich anfühlte, einen Frauenorgasmus im Gesicht zu haben ...

DIE GESCHICHTE WIRD FORTGESETZT: CONAN DER BARBAR ZWEITER TEIL

Don't miss out!

Visit the website below and you can sign up to receive emails whenever Erika Sanders publishes a new book. There's no charge and no obligation.

https://books2read.com/r/B-A-IGGS-HHPJC

BOOKS 2 READ

Connecting independent readers to independent writers.